A bordo

Cuadernillo de transcripciones

Published in 1999 by Routledge; written and produced by The Open University.

ISBN 0 415 20320 1

Edited, designed and typeset by The Open University.

Printed and bound in the United Kingdom by the Alden Group, Oxford.

1.1

19035B/1508cdti1.1

Índice

1 Radiodrama

This is Side 1 of the Audio Drama for the Open University Spanish preparatory pack, *A bordo*.

Curso preparatorio de español de la Open University, *A bordo*. Cara A.

El idioma del amor

Primer episodio

Teresa y Omar

Teresa es una mujer de treinta y cuatro años. Es profesora de inglés en Madrid. Es soltera y vive en un piso con su hija Carmen, de diecisiete años. Su familia es de Toledo, una pequeña ciudad a una hora de Madrid. Allí vive su madre, doña Amelia, una viuda que tiene un estanco.

Es domingo. Teresa está en la cola de un cine de Madrid, para ver la película española ¡Ay, Carmela! de Carlos Saura. A Teresa se le cae el monedero y todas las monedas se dispersan por el suelo. Un hombre, que está también en la cola, le ayuda a recoger las monedas.

Omar   ¿Le puedo ayudar?

Teresa   Oh, no se moleste. Ya las recojo yo.

Omar   No es molestia.

Teresa   Muchas gracias. Es usted muy amable.

El hombre es de la edad de Teresa. Es alto y atractivo. Cuando ha recogido las monedas, el hombre se las da a Teresa.

Omar   Tenga usted. Y tenga cuidado. Sólo los ricos tiran el dinero.

Teresa   Sí, es verdad.

Omar   Yo me llamo Omar, ¿y usted?

Teresa   Teresa.

Omar   Es un bonito nombre.

Teresa   Gracias. 'Omar' también es bonito. No es español, ¿verdad?

Omar   No, yo soy de Marruecos, de Tánger. Llevo un año en España. Trabajo de cocinero en un restaurante, pero soy ingeniero.

Teresa   Pues, para ser extranjero, habla usted muy bien español.

Omar   Gracias. Mi madre era en realidad española. Ya murió. Emigró a Marruecos con su familia cuando era una niña, durante la Guerra Civil. Yo hablaba siempre español con ella y con mis abuelos. Pero quiero aprender más, sobre todo la cultura y la civilización españolas. Mis compañeros del restaurante dicen que cerca de aquí hay un centro para estudiar español.

Teresa   Sí, la Escuela Oficial de Idiomas. Yo trabajo ahí.

Omar   ¡Qué casualidad! ¿Es usted profesora de español?

Teresa   Soy profesora, sí, pero de inglés.

Omar   Ah, muy bien.

Teresa   Ah mire, ya han abierto la taquilla.

Teresa y Omar se ponen de nuevo en la cola. Cuando les toca su turno, compran sus entradas.

Omar   ¿Le molesta si pido el asiento a su lado?

Teresa   Como quiera.

Omar   Perdone. No debía... No sé siquiera si... Bueno, quiero decir... si está...

Teresa   No se disculpe. Soy soltera. ¡Pero tengo una hija de diecisiete años, eh! ¿Y usted?

Omar   Divorciado y sin hijos. ¡Y sin compromiso!

Teresa y Omar entran en el cine a ver la película. Cuando la película ha terminado, salen del cine juntos.

Teresa   ¿Le ha gustado?

Omar   Mucho. Es una gran película.

Teresa   Sí, presenta la Guerra Civil desde el punto de vista de la gente corriente, sin partido.

Omar   Los actores también son muy buenos.

Teresa   Sí. Carmen Maura, la que hace de Carmela, es mi actriz favorita.

Omar   El actor principal también lo hace muy bien.

Teresa y Omar siguen hablando por unos minutos en la puerta del cine, hasta que Teresa se despide.

Teresa   Lo siento, pero me tengo que ir ya. He tenido mucho gusto en conocerle.

Omar   Igualmente, Teresa. ¿Pero me puede hacer un favor? ¿Dónde está la Escuela Oficial de Idiomas? Me gustaría ir mañana a pedir información y matricularme en un curso de civilización española.

Teresa   Al final de esta calle, a la derecha; luego, la segunda calle a la izquierda... Bueno, en realidad es un poco complicado. Si quiere, podemos quedar aquí y le acompañaré. Vendré en coche.

Omar   Es usted muy amable. ¿A qué hora quedamos?

Teresa   ¿Le parece bien mañana a las diez, aquí, en la puerta del cine?

Omar   Muy bien. Aquí, en la puerta del cine, mañana, a las diez.

Teresa   De acuerdo. Hasta mañana, entonces.

Omar   Adiós, hasta mañana.

Segundo episodio

Las clases de cultura española

Omar   Hola, buenos días.

Teresa   Buenos días. Lo siento, sé que me he retrasado un poco.

Omar   No se disculpe, no hay ningún problema.

Teresa   ¿Podemos ir ya?

Omar   Sí, vamos.

Teresa y Omar se dirigen a la Escuela Oficial de Idiomas. Cuando llegan, Teresa le muestra a Omar la ventanilla de matrículas.

Teresa   Es allí enfrente. Estaré en la cafetería tomando un café. Si tiene algún problema con la matrícula, me puede encontrar allí.

Omar   Vale, muchas gracias.

Teresa va a la cafetería y se acerca a la barra para pedir lo que quiere tomar.

Teresa   Un café con leche, por favor.

Cuando el camarero le sirve el café, Teresa va con el café a buscar una mesa libre. Mientras tanto, Omar ha ido a la oficina y pregunta a la persona encargada.

Omar   Buenos días. Quiero estudiar un curso avanzado de cultura española.

Cuando Omar tiene los papeles que necesita, va a la cafetería a buscar a Teresa.

Omar   Hola, ya tengo los impresos. ¿Me puedo sentar?

Teresa   Sí, claro.

Omar   Mire, éstos son los papeles del curso, aunque es curioso: no dice 'español', sino 'castellano'.

Teresa Sí, es el nombre original de nuestra lengua.

Omar ¿'Nombre original'?

Teresa Sí, España es muy variada lingüísticamente. Hay cuatro lenguas diferentes: el castellano, el catalán, el gallego y el vasco, y varios dialectos.

Omar ¿Y son muy diferentes?

Teresa Bueno, el castellano, el catalán y el gallego son lenguas bastante parecidas, pues vienen del latín, pero el vasco sí es muy diferente: es una lengua mucho más antigua que las otras tres. De todas ellas, el castellano es la única que se habla en todas las regiones. Por eso se le llama español.

Omar Ah... ¡qué interesante! Seguro que voy a aprender muchas cosas en este curso.

Teresa Y, ¿cuesta mucho la matrícula?

Omar No, no mucho.

Teresa y Omar siguen hablando un buen rato, hasta que se hace tarde para ella.

Teresa Perdone, Omar, pero tengo que irme ya. Tengo que subir al despacho de los profesores y terminar de preparar mi clase de hoy.

Omar Sí, claro. ¿Pero puedo preguntarle algo antes? Es un momento. Van a poner la película *Mujeres al borde de un ataque de nervios*, de Pedro Almodóvar. Sale Carmen Maura, su actriz favorita. Me gustaría invitarla.

Teresa Ah, sí, gracias.

Omar Es el próximo fin de semana, en el mismo cine de ayer. ¿Quedamos el sábado en la puerta del cine, a las seis y media? ¿Le parece bien?

Teresa Sí, muy bien. Y muchas gracias por la invitación.

Omar Es un placer.

Teresa Vale, hasta el sábado, entonces. Adiós, Omar.

Omar Adiós, Teresa. Hasta el sábado.

Tercer episodio

Divorciado

Es sábado. Teresa y Omar han estado en el cine juntos, viendo Mujeres al borde de un ataque de nervios, *de Almodóvar. Están ahora en el bar del cine, tomando algo.*

Teresa Es una buena película, ¿verdad?

Omar Sí, es una comedia muy divertida. Y muy moderna.

Teresa Los actores, Carmen Maura y Antonio Banderas, lo hacen muy bien. Y Pepa, el personaje principal, es una mujer admirable. Los que no salen muy bien parados son los hombres.

Omar Es cierto. El amante de Pepa no se porta muy bien con ella y la abandona, como abandonó a su mujer.

Teresa queda un momento pensativa.

Teresa ¿Puedo preguntarle algo personal?

Omar Sí.

Teresa Me dijo que es divorciado.

Omar Sí, desde hace ya tres años. Mi ex mujer y yo no nos entendíamos. Simplemente no podíamos vivir juntos. Los dos pensamos que lo mejor era divorciarse. Después del divorcio, sin embargo, lo pasé mal.

Teresa Lo siento mucho.

Omar   No se preocupe. Eso ya pasó.

Omar se ha puesto en realidad algo triste.

Teresa   Perdone, no quería molestarle.

Omar   No se disculpe, Teresa. No me ha molestado en absoluto. De verdad.

Teresa   ¿Le importa que nos tuteemos?

Omar   Claro, si tú quieres.

Durante las siguientes semanas, Teresa y Omar salen juntos con frecuencia y Omar conoce a la hija de Teresa, Carmen, que simpatiza pronto con él.

Un domingo, Teresa y Omar deciden ir al Museo del Prado. Cuando salen del museo, van a pasear al Retiro, un gran parque en el corazón de Madrid.

Omar y Teresa están sentados en un banco. Es un estupendo día de primavera, brillante y luminoso.

Teresa   ¿Te ha gustado el museo?

Omar   Sí, claro. Es impresionante.

Teresa   ¿Qué pintor te ha gustado más?

Omar   Goya.

Teresa   Sí, a mí también me gusta. Pero no sus cuadros sobre los horrores de la guerra. Son muy trágicos.

Omar   ¿Qué guerra era?

Teresa   La Guerra de Independencia, contra los franceses, hace ya casi dos siglos. Yo prefiero su primera etapa, cuando pinta la alegría.

Omar   Todo el museo es una maravilla. Es una lástima que a tu hija Carmen no le gusten los museos.

Teresa   Sí, tienes razón. Además, no hace otra cosa que ver la televisión y salir con sus amigos. Todos los días, igual. Pero ya es mayor y tiene que pensar en su futuro. Yo quiero que vaya a la universidad, pero a ella no le gusta mucho estudiar. Tendrá entonces que trabajar. Lo que no puede hacer es estar todo el día sin hacer nada. Mi madre quiere que le ayude a llevar el estanco, pero Carmen no quiere vivir en Toledo.

Omar   Es la edad.

Teresa   Ya, pero tiene que decidir. A mí no me hace mucho caso, ¿sabes? Y la verdad es que estoy preocupada. ¿Por qué no le hablas tú?

Omar   ¿Yo?

Teresa   Sí, se lleva muy bien contigo. Puedes aconsejarle que siga estudiando. Seguro que si se lo dices tú, se lo pensará más. A ti te estima.

Omar   ¿Tú crees?

Teresa   Sí.

Omar   Bueno, ya veremos lo que puedo hacer. ¿Qué hora es?

Teresa   Son las dos y media, pero quedémonos un poco más. Hace un día muy bonito.

Cuarto episodio

La madre de Teresa

Ha pasado casi un año. Durante este tiempo, Teresa ha visitado varias veces a su madre, doña Amelia, que vive en Toledo, pero nunca le habló de su relación con Omar. Ahora, por fin, Teresa decide que ya es hora de que su madre conozca a Omar. Es un viernes por la noche.

Madre   ¿Sí, dígame?

Teresa   ¿Mamá?

Madre   ¿Eres tú, Teresa?

Teresa   Sí, mamá. Soy yo.

Madre   Hola, hija, ¿cómo estás?

Teresa   Bien. Te llamo para decirte que voy a verte este fin de semana.

Madre   Ah, estupendo. ¿Cuándo vienes?

Teresa   Mañana sábado, por la mañana. Iré acompañada.

Madre   ¿Viene también Carmen?

Teresa   No, no es Carmen.

Madre ¿Vas a traerme a otra de tus tontas amigas? Espero que no sea la de la última vez. Sólo sabía hablar de hombres.

Teresa Mamá, no critiques a mis amigas.

Madre Digo la verdad.

Teresa No es ella la que viene conmigo, de todas formas. Es un hombre.

Madre ¿Un hombre?

Teresa Sí, quiero que conozcas a una persona especial.

Madre Teresa, tú sabes que no tengo ningún interés en conocer a los hombres con los que sales.

Teresa Mamá, tengo novio y quiero que lo conozcas. Eso es todo.

Madre ¿Novio? ¿Es que vas a casarte?

Teresa Puede ser. Sólo quiero que lo conozcas.

Madre Lo siento, pero yo no quiero conocer a nadie. Te lo he dicho muchas veces. Déjame al margen de tus relaciones. Ya tuve suficiente con lo que pasó con el padre de tu hija.

Teresa Mamá, no empieces con lo mismo de siempre. Eso ocurrió ya hace muchos años. Ya no soy una niña. Además, no todas las personas son iguales. Escucha, mañana voy a ir a verte y voy a ir con él. Se llama Omar y es marroquí.

Madre No quiero que traigas a nadie. Y ten cuidado con quien te juntas.

Teresa ¡No seas cabezota, mamá!

Madre Si vienes con alguien, no abriré la puerta. Te lo advierto.

Teresa Aunque no quieras, iré con él. Y ahora voy a cortar. Llegaremos temprano. Adiós, hasta mañana.

Madre ¡Teresa!

Teresa está enfadada por la actitud de su madre, pero está decidida a que ésta conozca a Omar, así que a la mañana siguiente, que es sábado, Teresa y Omar acuden temprano a la estación de Atocha para ir a Toledo.

Omar ¿A qué hora sale el tren para Toledo?

Teresa Hay un tren cada hora. Empiezan a las siete y media de la mañana. Ahora son las ocho y diez, así que dentro de veinte minutos podemos tomar un tren.

Omar Muy bien. No hay que esperar mucho.

Teresa Podemos ir ya a comprar los billetes, si te parece.

Omar Sí, es mejor.

Teresa Compraremos billetes de ida y vuelta. Sale más barato.

Omar Vale, vamos.

Tras una hora de viaje, Teresa y Omar llegan a la estación de Toledo. La casa de la madre de Teresa no está lejos de la estación. Cuando llegan, llaman a la puerta. La madre tarda en abrir.

Omar Parece que tu madre no está. Podemos dar un paseo y volver más tarde.

Teresa No, espera, seguro que está. Ella sabe que vamos a venir.

That's the end of Side 1.

Éste es el final de la Cara A.

This is Side 2 of the Audio Drama for the Open University Spanish preparatory pack, *A bordo*.

Curso preparatorio de español de la Open University, *A bordo*. Cara B.

El idioma del amor

Quinto episodio

El rechazo

Teresa Mamá, llevamos un buen rato llamando.

Madre Perdón, estaba ocupada.

Teresa Mira, te presento a Omar.

Omar Mucho gusto, señora.

Madre Hola.

Teresa Pasa, Omar.

Madre Voy a la cocina. Tengo algo puesto en el fuego.

Omar ¿Qué le pasa a tu madre? Parece enfadada.

Teresa No te preocupes, ella es así. Ven, te voy a enseñar la casa.

Teresa le muestra a Omar todas las habitaciones y el salón. Al final van a la cocina, donde está la madre.

Omar Señora, tiene usted una casa muy bonita. Me gusta mucho.

Madre Gracias.

Por unos segundos, todos permanecen callados. Nadie sabe qué decir, hasta que interviene la madre.

Madre Teresa me ha dicho que son novios.

Teresa ¡Mamá, no me hagas pasar vergüenza!

Omar Sí, señora, somos novios.

Madre Señor, creo que tenemos que hablar, ¿no le parece?

Omar Sí, por supuesto.

Teresa Mamá, tú no tienes que intervenir en esto.

Omar No te preocupes, Teresa. En Marruecos también se hacen las cosas así.

Madre Pasemos al salón. Allí podremos hablar mejor.

Los tres se dirigen al salón. El salón es grande, pero con pocos muebles. En el centro hay un sofá de piel y una gran butaca enfrente. Al fondo hay una chimenea y un reloj muy antiguo. De las paredes cuelgan cuadros con retratos de familiares. Las ventanas son estrechas y dan poca luz. La madre de Teresa se dirige a su butaca e invita a Omar a que se siente.

Madre Siéntese, por favor.

Doña Amelia se sienta, muy seria, enfrente de Teresa y Omar.

Madre Mire usted, señor...

Omar Boussidi, Omar Boussidi.

Madre Señor Busidi, dígame, ¿ha estado casado antes?

Teresa ¡Mamá!

Omar Soy divorciado.

Madre ¿Y por qué se divorció?

Teresa ¡Mamá, por favor! ¿Cómo preguntas eso?

Madre Está bien, está bien. ¿Tiene hijos?

Omar No.

Madre ¿Ha venido usted a España para quedarse para siempre?

Teresa ¡Esto parece un interrogatorio de la policía!

Omar No pasa nada, Teresa. La verdad es que no me importa.

Teresa Pero a mí sí. Esto es realmente ridículo.

Madre Supongo que usted, señor Busidi, no tiene la nacionalidad española.

Omar No.

Teresa Mamá, ¿qué pretendes?

Madre Muchos extranjeros se casan sólo para conseguir fácilmente la nacionalidad y después abandonan a sus mujeres.

Teresa ¡Mamá, por amor de Dios!

Omar Señora, yo no necesito casarme para ser español. Mi madre era española y no será difícil para mí obtener la nacionalidad. Está en un error. Yo no soy como usted piensa.

Madre Caballero, yo no pienso nada. Simplemente, no sé cómo es usted.

Teresa ¡Ya está bien, se acabó! ¡No puedo soportar esto! Vamos, Omar.

Madre ¡Teresa! ¡Teresa!

Sexto episodio

Proyecto de boda

Tras salir disgustados de la casa de la madre, Teresa y Omar deciden ir al bar de la esquina para hablar de lo sucedido. Entran en el bar y se sientan.

Omar   ¿Qué quieres tomar?

Teresa   Yo quiero un zumo de naranja.

Omar   Vale, y yo una tónica. ¿Camarero, por favor?

Teresa   No te oye.

Omar   Voy a la barra, así no tendremos que esperar.

Teresa   Pide algunas tapas también; que tengo hambre.

Omar   ¿Qué quieres comer?

Teresa   Patatas bravas, gracias.

Omar   Muy bien. Yo pediré una ración de calamares.

Al poco tiempo, Omar acude con las bebidas y las tapas. Los dos se ponen a comer.

Omar   Mmm, los calamares están muy ricos. Pruébalos.

Teresa   ¿A ver? Mmm, es verdad, están muy buenos y muy tiernos.

Omar   ¿Sigues enfadada?

Teresa   Un poco, pero estoy mejor.

Omar   Tu madre es una mujer con un carácter muy fuerte, ¿verdad?

Teresa   Sí, pero está obsesionada. Desde que me quedé embarazada, está igual conmigo. No quiere saber nada de mis relaciones. No puede verme con ningún hombre. Piensa que todos van a hacer igual que el padre de Carmen. Tú ya sabes lo que pasó. Éramos niños. Yo tenía diecisiete años. Imagínate: una noche tonta, una equivocación... No nos casamos porque sus padres no querían.

Omar   ¿Y qué decía el chico?

Teresa   ¿Él? Tenía miedo.

Omar   ¿Pero no te quería?

Teresa   Lo que pasó entre nosotros no era realmente amor. Éramos unos niños. ¡Y menos mal que no nos casamos!

Omar   ¿Pero él y su familia no te ayudaron con la niña?

Teresa   Sí, dieron algo de dinero. Pero pronto se marcharon al extranjero. Creo que están ahora en Bélgica. No sabemos nada de ellos.

Omar   ¿Y tu madre?

Teresa   Bueno, pues ella ya era viuda. Y estábamos solas, sin ayuda. Eran malos tiempos y cuando supo lo de mi embarazo, casi me mata. Desde entonces, no quiere saber nada de mis relaciones con hombres. Por eso no te he presentado antes. ¡Y ya ves lo que ha pasado hoy!

Omar   Tienes que entenderla. Está así por todo lo que te ocurrió.

Teresa   Lo sé. Pero es mi vida. Ella no debe meterse así en mis cosas.

Omar   Necesita tiempo.

Teresa   Sí, pero yo no quiero darle ese tiempo, Omar, porque es **mi** tiempo. ¿Tú piensas que no nos conocemos suficientemente y que necesitamos años y años de novios para casarnos? ¿Crees que no basta con el año que llevamos saliendo juntos?

Omar   Claro que sí, pero ella piensa que soy un interesado y que lo que busco es sólo obtener la nacionalidad.

Teresa   ¿Y es verdad?

Omar   Sabes que no.

Teresa   Podemos vivir juntos, sin casarnos, si quieres.

Omar   No, yo quiero casarme.

Teresa   Yo también. Y no quiero que ahora se interponga nadie. Ni siquiera mi madre. Le guste a ella o no, me casaré contigo. Estoy preparada. ¿Y tú?

Omar Por supuesto. Sólo necesitamos arreglar los papeles.

Teresa Casarse por lo civil no lleva mucho tiempo. Si lo pedimos ya, en un mes o dos, tendremos la fecha. Invitaremos a nuestros amigos. Y estará Carmen, por supuesto.

Omar ¿Y tu madre?

Teresa ¿Todavía me preguntas? Sabes que ella no estará.

Séptimo episodio

El vestido de novia

Ha pasado una semana. Es sábado. Teresa y Omar pasean juntos por el centro de Madrid y entran en unos grandes almacenes. Teresa quiere ver algunos vestidos, porque piensa ya en el vestido de la boda. Buscan el Departamento de Señoras.

Teresa Mira, ¿te gusta aquel vestido?

Omar ¿Cuál?

Teresa Aquél de color crema.

Omar Sí, la verdad es que es bonito.

Teresa Me lo voy a probar. ¿Y ese vestido color rosa que hay ahí? ¿Te gusta ése?

Omar Bueno, no sé. Cuando te lo pongas, ya veré.

Teresa toma los dos vestidos y va a los probadores para cambiarse de ropa. Cuando se ha puesto el vestido rosa, sale para que Omar pueda opinar.

Teresa ¿Qué te parece?

Omar Creo que no te va mucho.

Teresa Es verdad. No me queda bien este estilo. Voy a probarme el otro.

Después de unos minutos, Teresa sale con el otro vestido.

Teresa Y éste, ¿qué tal?

Omar Me gusta.

Teresa A mí también. Tiene algo especial. ¡Y es justo mi talla!

Omar Realmente te sienta muy bien. ¿Cuánto cuesta?

Teresa Sesenta mil pesetas.

Omar Es mucho, ¿no?

Teresa No creas. Este tipo de vestido vale este precio.

Al final, Teresa decide comprar el vestido y sale de los grandes almacenes contenta con su compra. Por la tarde, Omar va a trabajar al restaurante. Cuando se acerca la hora en que Omar termina el trabajo, ella decide ir a recogerle con el coche. Estando ya Teresa de camino, suena el timbre de su teléfono móvil. Teresa contesta, mientras sigue conduciendo el coche con su mano libre.

Teresa ¿Sí, dígame?

Madre ¿Teresa?

Teresa Sí, ¿quién es?

Madre Soy yo, tu madre. ¿Dónde estás? Oigo ruido de tráfico. ¿No estarás conduciendo mientras hablas por teléfono?

Teresa Sí, estoy conduciendo.

Madre Hija, sabes que es peligroso.

Teresa No te preocupes, estoy acostumbrada.

Madre ¿Sigues enfadada conmigo?

Teresa Ya no pienso en eso, mamá.

Madre Llamé ayer a tu piso, pero tú no estabas, ni Carmen. Quiero hablar también con ella, para decirle que venga a ayudarme este verano en el estanco. Necesito una dependienta. Dile que le pagaré.

Teresa Vale, se lo diré, pero ya sabes cómo es tu nieta.

Madre Y tú, ¿qué tal?

Teresa Bien. Hoy me he comprado un vestido.

Madre ¿Ah, sí?

Teresa Sí. Para mi boda.

Madre   ¿Para tu boda?

Teresa   Es el vestido de novia. Omar y yo nos casaremos dentro de un mes. Ya hemos empezado a hacer los papeles.

Madre   ¿Estás hablando en serio?

Teresa   Sí, ¿por qué no?

Madre   ¡No hagas esa locura, Teresa!

Teresa   ¡Mamá, ya estoy harta de que te metas en mi vida!

Madre   ¡Teresa, soy tu madre!

Teresa   ¡Pero yo no soy una niña! ¿No lo entiendes?

Madre   ¡Teresa, no me levantes la voz!... Teresa, ¿qué pasa?... ¡Teresa! ¡Teresa!

Octavo episodio

La reconciliación

El escándalo provocado por los coches se oye desde el restaurante donde trabaja Omar. Omar sale a ver qué es lo que pasa y se asusta cuando descubre que el coche de Teresa está también implicado en el accidente.

Omar   ¡Teresa! ¡Teresa!

Inmediatamente, Omar acude al lugar del accidente y encuentra a Teresa inconsciente.

Omar   ¡Teresa!... ¡Rápido, por favor, que alguien llame a una ambulancia! ¡Una ambulancia!

Teresa es trasladada al hospital más cercano. Omar no se aparta ni un instante de su lado. Una vez en el hospital, llevan a Teresa al Departamento de Urgencias. Pasadas unas horas, los doctores le dicen a Omar que Teresa ha recuperado el conocimiento y que se encuentra ya perfectamente. Omar pasa a ver a Teresa.

Omar   ¿Cómo te encuentras, mi amor?

Teresa   Bien, no te preocupes. Estoy bien. Siento sólo un pequeño dolor de cabeza, pero no es nada.

Omar   Los médicos dicen que estás bajo los efectos del choque, pero que no tienes nada grave.

Teresa   Sí, ya me lo han dicho. Estoy un poco conmocionada, pero no tengo ninguna fractura.

Omar   Sólo necesitas descansar. Deberías relajarte un poco. Mira, te he traído unas revistas.

Teresa   Eres un encanto. ¿Estás solo?

Omar   Sí, pero he llamado a Carmen. Estará al llegar.

Efectivamente, pronto llega la hija de Teresa. Carmen y Omar acompañan a Teresa unas horas. Cuando amanece, Omar y Carmen deciden bajar a desayunar algo. Teresa se queda sola y tras pasar un rato, alguien entra en la sala.

Teresa   ¡Mamá!

Madre   ¡Teresa, hija! ¿Cómo estás?

Teresa   Estoy bien, no te preocupes. Los médicos dicen que no tengo nada grave, sólo la conmoción.

Madre   ¡Hija, no sabes cuánto siento lo que ha pasado!

Teresa   Olvídalo ahora, mamá. Lo importante es que estoy bien. Pero, ¿cómo sabías que estaba aquí?

Madre   Llamé a tu piso y Carmen me lo dijo. La he visto abajo.

Teresa   ¿No has visto a Omar?

Madre   Sí. Y le he pedido perdón por todo. Ya sabes: he sido una estúpida. El otro día me porté mal con él. Y contigo.

Teresa   Deja eso ahora. No le des más vueltas.

Madre   Pero todo esto es mi culpa.

Teresa   Mamá, yo no te culpo de nada.

Madre   No trates de disculparme. He pensado mucho sobre todo lo ocurrido, ¿sabes? Tú tenías razón. Estaba como ciega. Sabes lo que he sufrido contigo desde que te quedaste embarazada, cuando sólo eras una niña. Aquello fue un terrible golpe para mí. Nos dejaron solas, pero al final salimos adelante. Yo no quería ya a nadie más en nuestras vidas. No quería más problemas. Por eso no quería saber nada de tus relaciones. Pero eso ha sido una equivocación. Ahora sé que sólo ha servido para hacerte sufrir más.

Teresa   Mamá, no importa ya. Todo eso ha terminado.

Madre   Me siento avergonzada, Teresa. Y es que tú no sabes: ¡yo te quiero tanto!

Teresa   ¡Yo también, mamá! ¡Yo también!

La madre y la hija se abrazan con una gran emoción, como no lo habían hecho durante años.

Madre   Todo va a cambiar, Teresa, te lo prometo.

Teresa   Ya lo sé, mamá. Deja eso ahora. Venga, sécate las lágrimas antes de que entren Omar y Carmen. Van a pensar que somos unas lloronas.

Madre   Deja que nos vean.

La madre se seca las lágrimas con un pañuelo.

Teresa   Anda mamá, anímate que tenemos que hacer los preparativos para la boda.

Madre   Es verdad, hija, es verdad.

That's the end of Side 2.

Éste es el final de la Cara B.

2   Cinta de entrevistas

This is the Interviews Cassette for the preparatory pack *A bordo*, Side 1.

Ésta es la Cinta de entrevistas para el curso preparatorio, *A bordo*. Cara A.

Extracto 1

Cristina ¿Cómo es Toledo? Cuéntame un poco, ¿cómo es la ciudad?

Isuli Es muy bonita porque es una ciudad antigua. Es medieval y tiene calles pequeñas y edificios muy bonitos, antiguos.

Cristina ¿Por qué es tan famosa Toledo?

José María ¿Toledo? Pues, famosa por supuesto por su historia, por su arte, ¿eh? Toda ella es historia y es arte.

Isuli Es famosa, además de por sus monumentos artísticos, porque han pasado muchas culturas por aquí. Ha habido árabes, judíos, cristianos... y es un centro de unión de gentes de pueblos diversos.

Cristina ¿Qué hay para visitar?

Isuli Está la catedral de Toledo, que es muy bonita...

José María ... del siglo gótico, ¿eh? Luego tienes por ejemplo también El Alcázar.

Isuli ... San Juan de los Reyes, que es un monasterio. Hay palacios donde vivieron nobles importantes de la antigüedad.

Extracto 2

Cristina ¿Cómo te llamas?

José María José María.

Isuli Isuli.

Cristina ¿Y eres de aquí?

José María Sí, sí, soy toledano.

Cristina ¿Y tu familia también?

José María Mi familia también, sí.

Cristina ¿Eres de aquí?

Isuli No, soy de La Rioja.

Cristina ¿Y tu familia es de aquí?

Isuli No, viven en otra ciudad.

Cristina ¿Y cuánto tiempo hace que vives aquí?

Isuli Cinco meses.

Cristina ¿Cómo es Toledo? Cuéntame un poco, ¿cómo es la ciudad?

Isuli Es muy bonita porque es una ciudad antigua. Es medieval y tiene calles pequeñas y edificios muy bonitos, antiguos.

Cristina ¿Por qué es tan famosa Toledo?

José María ¿Toledo? Pues, famosa por supuesto por su historia, por su arte, ¿eh? Toda ella es historia y es arte.

Isuli Es famosa, además de por sus monumentos artísticos, porque han pasado muchas culturas por aquí. Ha habido árabes, judíos, cristianos... y es un centro de unión de gentes de pueblos diversos.

Cristina ¿Qué hay para visitar?

Isuli Está la catedral de Toledo, que es muy bonita...

José María ... del siglo gótico, ¿eh? Luego tienes por ejemplo también El Alcázar.

Isuli ... San Juan de los Reyes, que es un monasterio. Hay palacios donde vivieron nobles importantes de la antigüedad.

Cristina ¿Y hay muchos turistas entonces?

Isuli Sí, hay muchísimos turistas.

Cristina Por ejemplo, ¿de qué países son?

Isuli Yo he visto muchos italianos y también alemanes... ¡y japoneses, claro!

José María Depende de las épocas. Tenemos turistas de todo el mundo pero dependen de las épocas. Por ejemplo agosto – agosto más que julio – son italianos. En las épocas de invierno, ¿eh?, son más de Estados Unidos, por ejemplo, o japoneses, países orientales.

Cristina ¿Y tú hablas algún idioma?

Isuli Yo hablo italiano y un poco de inglés.

Cristina ¿Cómo es la gente en Toledo?

Isuli Son abiertos pero tienen muchas tradiciones. Les gusta siempre ir a los mismos sitios, a los mismos bares, muy tradicionales pero también son amistosos, es fácil hablar con ellos.

Extracto 3

Cristina ¡Hola! ¿Cómo estás?

Enrique Muy bien.

Cristina ¿Cómo te llamas?

Enrique Enrique.

Cristina Y, ¿cuál es tu trabajo y cómo es?

Enrique Pues soy funcionario de correos – cartero, como vulgarmente se llama – y bueno pues el trabajo consiste, pues, en llevar la correspondencia a la gente, a los ciudadanos... y nada.

Luis Mi nombre es Luis. Soy cartero y mi trabajo es muy monótono. Ahí tenemos una cantidad enorme de cartas, entonces se hace una clasificación por calles. Después de las calles se reparten entre los distintos barrios y se empaqueta todo.

Cristina ¿Y ha cambiado el trabajo en los últimos años?

Enrique Pues sí, ha cambiado: tenemos más máquinas, más cosas... máquinas para clasificar. Eso ha cambiado sí un poquito.

Cristina ¿A qué hora empiezas a trabajar?

Luis Yo entro a las siete y media, hasta las dos y media.

Cristina Y por la tarde, ¿trabajas?

Luis No, por la tarde no. Después trabajamos un sábado de cada tres.

Cristina Y, ¿en qué época se trabaja más?

Luis Pues en campaña de Navidad, cuando tenemos elecciones. Ahí sí se suele repartir algunas veces por la tarde.

Extracto 4

Cristina ¿Cómo repartes las cartas? ¿Llevas un carrito o llevas una cartera?

Enrique No, yo llevo carro. O sea, hace unos años ya que nos dieron carro, porque ya... ya la cartera llegabas a casa con la espalda molida.

Luis El carrito lo introdujo la mujer en el mundo del correo porque cuando empezaron a trabajar ellas hace ya algún tiempo, pues en seguida tuvieron la buena idea de traerse el carro de la compra para evitar el peso éste en el hombro.

Cristina ¿Y... y cuánto tiempo hace que... que están las mujeres trabajando de carteras?

Luis Pues mucho tiempo. Ahora mismo somos al cincuenta por ciento: tanto hombres como mujeres.

Cristina ¿Hay más cartas ahora que antes?

Enrique Sí, ahora hay bastante más cartas que antes porque hay muchas más... revistas de éstas de... compañías de éstas de ventas por correo, de ésas hay muchas. Cartas de bancos, también hay más que antes. O sea, todo eso va subiendo.

Luis Y son cosas que no le agrada mucho a la gente. Ellas[1] esperan pues cartas personales, postales y cartas de amistad y lo único que les llegan pues son multas, facturas y cosas del Juzgado.

[1] *Ellas* here refers to people although it is not grammatically correct.

Enrique Lo que son cartas así personales – de persona a persona – pues ésas hay muy poquitas, ¿eh? Porque con la cosa del teléfono y tal, pues de ésas hay muy poquitas.

Cristina Y, ¿tú escribes cartas?

Enrique Hace mucho que no escribo una carta.

Cristina ¿Ni a la novia?

Enrique A la novia... es que le gusta mucho el teléfono. A mí no me gusta tanto. Yo prefiero escribir. Pero como si yo escribo, no me contesta, pues entonces dejo de escribir.

Cristina ¿Y a quién le escribiste la última carta?

Enrique ¿La última carta? Pues se la escribí a ella.

Extracto 5

Cristina ¿Cómo se divierte la gente en España?

Juan En España la gente se divierte de muchas formas. Principalmente se divierte saliendo por las noches, bebiendo en los bares, bailando, pasándoselo bien, saliendo por la calle, estando con otras personas, charlando...

Cristina ¿Y a ti qué te gusta hacer en tu tiempo libre?

Juan Pues el problema es que yo no tengo tiempo libre, porque trabajo desde las ocho, nueve de la mañana hasta las ocho, nueve, diez de la noche. Si tuviera un poquito más de tiempo libre pues me gustaría hacer algún deporte, jugar al fútbol, que me gusta, en vez de verlo por televisión y salir, conocer gente, conocer chicas... ¡Yo qué sé! Esas cosas.

Extracto 6

Cristina Y los cumpleaños, ¿cómo los celebras?

Juan Yo celebro mis cumpleaños en mi pueblo. Yo soy de Madrid pero tengo un pueblo, el pueblo de mi madre, que es un pueblo que está en el lago de Sanabria. En verano yo me voy al lago de Sanabria, porque justamente las vacaciones.

Cumplo los años el seis de agosto y lo celebro pues con todos los amigos que he tenido en el pueblo. Nos reunimos allí, una tarta, mi madre nos atiende a todos, todos nos sentimos muy felices, me tiran de las orejas y me dan regalos pequeños.

Cristina Y cuando vas a una fiesta, ¿tú qué llevas?

Juan Yo cuando voy a una fiesta me llevo a mí mismo. ¡Yo soy bastante compañía! Soy un tío muy alegre, cuento muy buenos chistes... pero lo que se pide en una fiesta aquí en España, que lleves una botella de algo o que lleves algo de picar, para compartir entre todos.

Cristina ¿Y qué es lo que te gusta más hacer cuando vas a una fiesta?

Juan Pues, sobre todo divertirme. Si en una fiesta no te diviertes lo mejor es que te vayas. Porque si tienes poco tiempo libre y lo desperdicias en un sitio que te lo pasas mal, estás perdido. En las fiestas sobre todo me gusta reírme, charlar con la gente, contar chistes, contar anécdotas del día, reírnos de todo lo que hacemos durante el día y que no podemos reírnos porque trabajamos en una profesión muy seria.

Cristina ¿De qué te gusta hablar en las fiestas?

Juan Si estoy con amigos, supongo que me gusta hablar de mujeres. Y si estoy con mujeres y hombres, pues de cualquier cosa menos de trabajo.

Extracto 7

Dalia ¿Cómo se divierte la gente en Toledo?

Alfredo No puedes generalizar porque unas personas se divierten de una manera y otras se divierten de otra. Hay gente que se divierte yendo al fútbol y hay gente que se divierte en su casa leyendo libros.

Dalia ¿Y cómo te diviertes tú?

Alfredo Caminando por el campo. Me gusta caminar por el campo.

Extracto 8

— Salida del vuelo de Iberia 3302 con destino Copenhague.

Dalia ¿Adónde va?

Carlos Voy a Toronto, Canadá.

Dalia ¿Y viaja a menudo?

Carlos ¡Muchísimo! Conozco más de cincuenta países.

Dalia ¿Y es por negocios o por...?

Carlos Sí. En primer lugar, con el trabajo que yo hago me recorro bastantes países. Y luego también me gusta viajar y lo hago también particularmente si me gusta un país donde he ido a hacer un trabajo, pues luego vuelvo de turismo.

Dalia Y este recorrido, de Madrid a Toronto, ¿lo ha hecho a menudo?

Carlos Ésta es la primera vez que hago este recorrido y supongo que lo tendré que hacer un montón de veces, como me ocurre cada vez que empiezo un nuevo negocio.

Dalia ¿A qué hora sale su avión?

Carlos Sale a la una, más o menos.

Dalia Y, ¿ya sabe por qué puerta sale?

Carlos No, no lo sé porque no sé ni siquiera en qué vuelo viajo. Tengo que esperar a que alguien me traiga aquí un billete y entonces lo sabré, pero hasta que no me vengan con el billete no lo sé.

Dalia ¿Sabe cuánto tiempo tarda ese vuelo?

Carlos Pues yo calculo que cinco, seis horas, porque tendré que hacer una escala, de manera que de ese orden: cinco o seis horas.

Dalia ¿Y dónde es esta escala?

Carlos Para ir a Toronto se puede hacer escala en muchos sitios: en Londres, en Montreal o en París. Me parece que me toca París esta vez.

Dalia ¿Viajas[2] solo o acompañado?

[2] Note how the interviewer switches between *tú* and *usted*. This sometimes happens when someone cannot decide which to use.

Carlos Viajo con otros compañeros de trabajo.

Dalia ¿Y va a estar allá mucho tiempo?

Carlos Pues no lo sé. Tres o cuatro semanas, ahora, quizás.

Dalia ¿Lleva mucho equipaje?

Carlos Dos maletas.

Dalia Y en el avión, ¿qué hace normalmente?

Carlos Generalmente leo. Me gusta mucho leer. Traigo mucha lectura: papeles, libros, novelas, cosas...

Dalia En las vacaciones de verano, ¿adónde va a ir?

Carlos Pues suelo escoger algún país... La verdad no escojo yo el país, lo escoge mi mujer y entonces nos vamos quince días.

Dalia ¿En qué otros medios de transporte has viajado?

Carlos Pues yo creo que en casi todo. Lo único que no he viajado ha sido en globo aerostático, pero he estado a punto porque yo soy isleño, soy mallorquín y en Mallorca, para salir de ahí hay que usar barco o avión. No se puede de otra forma fuera de Mallorca. ¡Submarino debe ser lo único que no... no he utilizado todavía! Pero, toda clase de ferrocarriles, automóviles, motocicletas, aviones, aviones primitivos...

Extracto 9

Dalia ¿Adónde vas?

María Elena Al Salvador.

Dalia ¿Viajas a menudo?

María Elena Sí y no. Bueno, viajo bastante dentro de Centroamérica: Honduras, Guatemala... también a México.

Dalia ¿A qué hora sale su avión?

María Elena A las dos cincuenta y cinco.

Dalia ¿Y ya sabes por qué puerta sale?

María Elena No, todavía no, porque no lo han puesto en la televisión.

Dalia   ¿Sabes cuánto tiempo tarda el vuelo?

María Elena   Sí, aproximadamente ocho horas.

Dalia   ¿Y hace alguna escala?

María Elena   Sí, en Miami, una... solamente una en Miami y de ahí agarro[3] otro para El Salvador.

Dalia   ¿Viajas sola o acompañada?

María Elena   Viajo con mi esposo y mi hijo.

Dalia   ¿Llevas mucho equipaje?

María Elena   No, no mucho. Cuatro maletas. Teniendo en cuenta que somos tres... un niño requiere mucho equipaje.

Dalia   ¿Qué haces normalmente en el avión, durante el vuelo?

María Elena   Ay... bueno, estar sentada, comer algo, este... atender a mi hijo, tranquilizarlo, darle de mamar y dormirlo... tratar de dormirlo.

—   Último aviso a los señores pasajeros del vuelo de...

Éste es el final de la Cara A.

That's the end of Side 1.

This is the Interviews Cassette for the preparatory pack *A bordo*. Side 2.

Ésta es la Cinta de entrevistas para el curso preparatorio *A bordo*. Cara B.

Extracto 10

Cristina   ¿Dónde te alojas aquí en Toledo?

Maribel   En una casa unifamiliar de dos dormitorios.

Cristina   ¿Y cómo es tu casa?

Maribel   Bueno, pues es una casa muy pequeña pero muy linda. Tiene seis habitaciones: cocina, baño, dormitorio, salón y otro cuarto pequeñito... muy bonito, decorado porque tiene cortinas, alfombras, muebles de diseño, da además a un patio muy bonito, que no es de uso comunal pero

[3] In Spanish America *agarrar* = to take or to catch (a plane).

es muy bonito asomarse a él. Tenemos plantas todos los vecinos, colocadas en las ventanas, que le dan un aire más infantil y más cuco[4] al lugar. Y está muy céntrico. Está en el casco histórico de Toledo, que es el lugar más bonito para vivir aquí en esta ciudad declarada 'Patrimonio de la Humanidad' por la UNESCO. Me siento muy orgullosa de vivir ahí.

Cristina   ¿Cuántos pisos tiene el edificio?

Maribel   Solamente tiene dos. Es porque precisamente la condición de 'Patrimonio de la Humanidad' impide que en esta ciudad se construyan pisos de gran altura.

Cristina   ¿Tiene portería?

Maribel   No, no tiene portería. Tiene lo que se llama aquí 'portero automático'.

Extracto 11

Cristina   ¿Y cómo es tu casa? ¿De qué siglo es?

Marcos   Mira, mi casa es una casa típica toledana. Es una casa que seguramente será del siglo XVI pero está edificada sobre unos baños romanos y luego reformados en baños árabes. Pasados los siglos esos baños quedaron los sótanos de las casas modernas. Entonces la casa típica toledana es una casa con un patio interior hacia el cual giran todas las habitaciones. Normalmente tienen dos plantas. La planta baja es la que da al patio y es la planta más fresca. Como sabéis, Toledo es una ciudad que en verano hace mucho calor, entonces como todas las casas musulmanas tienen un patio. Y las habitaciones son interiores con muy pocas ventanas a la calle.

Cristina   ¿Pero hay mucha luz?

Marcos   Sí, sí, el patio es un patio que tiene macetas con flores, tienen unas plantas de hojas grandes y verdes y las golondrinas anidan normalmente debajo de un alero.

Cristina   ¿Y qué tipo de habitaciones hay?

Marcos   Hay dormitorios, cuartos de estar, cocinas con una chimenea en la cual se cocinaba.

[4] *Cuco* = cute.

Cristina   Y la decoración, ¿cómo es?

Marcos   Pues es una decoración muy sencilla porque este tipo de viviendas son unas viviendas populares con muy pocas manifestaciones externas de riqueza. Las casas tienen una estructura de madera y... están hechas de yeso, y luego las escaleras tienen los escalones hechos de madera y azulejos de colores. Una casa, pues como puede ser una casa moderna nada más que sus... componentes son más antiguos... ¡Ah... y además tienen fantasmas!

Cristina   ¿Ah sí?

Marcos   ¡Claro! Una casa en la cual ha vivido gente durante mil años y han nacido y han hecho el amor y han muerto de viejos en sus camas... yo pienso que algo de todas esas vidas impregna las paredes y las habitaciones. No son fantasmas con una bola y una sábana encima: 'los fantasmas' es ese espíritu que rodea la vida en una casa antigua.

Extracto 12

Cristina   ¿Cuántas veces al día se come en España?

Isuli   Tres. El desayuno, que suele ser muy flojo, la comida, que es más fuerte y la cena que también es bastante fuerte.

Cristina   ¿Y los niños?

Isuli   Los niños también meriendan a media tarde y algunos almuerzan a media mañana, sobre todo los que van al colegio.

Cristina   ¿Qué costumbres hay cuando se come?

Isuli   Se suele comer siempre con gente, acompañado y además de lo que es la comida, es un acto social. Siempre quedas para comer o con tu familia o con algún amigo. Y siempre charlamos mientras comemos... a lo mejor en otros países no se hace así: aquí sí.

Extracto 13

Inés   Me llamo Inés Gárate. Trabajo en un pequeño obrador de mazapán, situado en la ciudad de Toledo. Es una ciudad con unas reminiscencias históricas importantes y dentro de esa historia, una cosa muy pequeñita es la historia del mazapán.

Dalia   Que es muy típico de aquí de Toledo, ¿no?

Inés   Está unido a todo su proceso cultural. Es un dulce que no va en contra de ningún tipo de religión. Quizá por eso en un momento dado se expande. Es un producto muy de la tierra mediterránea, porque el hombre normalmente toma de su tierra, como es la almendra... es un producto puramente mediterráneo; el azúcar, que era un tema muy caro pero que al mismo tiempo las abejas producían una miel y la miel es un azúcar y ésas son sus materias primas fundamentales. Es no sólo típico, sino que es algo unido a nuestro proceso cultural.

Dalia   ¿Y cómo se hace el mazapán?

Inés   El mazapán tiene un proceso muy sencillo, muy simple. Primero se lava la almendra ya descascarada. Después de lavar, toma su propia humedad, se mezcla con los azúcares – y digo azúcares en plural porque puede ser miel, glucosa o azúcar de caña –, se muele, se tritura, se da dos pasadas y luego con la pasta – nunca masa, siempre pasta, que es el resultado de esa unión – se le va dando diferentes formas y se le va dando distintos rellenos.

Extracto 14

Vendedor   ¡Hola! Sole.

Cliente 1   ... y una lechuga.

Cliente 2   ¿A cómo tiene las alcachofas?

Vendedor   ¡Bien buenas!

Cliente 2   Muy chicas para mi gusto pero, ¡en fin!

Vendedor   ¡Son buenas, buenas! ¿Qué más quiere?

Cliente 2   Una lechuga.

Vendedor   ¡Una lechuga de categoría!

Cliente 2   ¿A cómo las tiene?

Vendedor   ¡Una lechuga de categoría!

Cliente 2   Y ponme unas alcachofas pero cuatro, cinco nada más.

Vendedor   ¡Venga! Medio kilo. ¿Más cositas?

Cliente 2   Nada más.

Vendedor   Dime qué llevas.

Cliente 3   Las patatas...

Vendedor   Las patatas: ciento setenta y cinco.

Cliente 3   ... las zanahorias...

Vendedor   Setenta y cinco.

Cliente 3   ... las lechugas...

Vendedor   Ochenta y cinco.

Cliente 3   ... las cebolletas...

Vendedor   Ciento cincuenta... ¡Sigue!

Cliente 3   ... y las alcachofas.

Vendedor   Las alcachofas era medio: ciento quince.

Cliente 3   ¡Pero qué! ¿No las tiene muy caras?

Vendedor   No, pero... que es 'Oro de Ley'.[5]

Extracto 15

Juanjo   En España hay costumbre en todas las ciudades de tener un mercadillo un día a la semana. Es una cosa muy popular que se ha heredado de los árabes y hay una afición enorme.

Dalia   ¿Compras mucho en los mercadillos?

Juanjo   Sí, suelo ir a comprar en los mercadillos porque normalmente los productos son más baratos.

Dalia   Porque es más barato y, en general, ¿qué compras en el mercadillo?

Juanjo   Pues mira, se puede comprar fruta, se pueden comprar zapatos, se pueden comprar también productos de artesanía... hay muchas cosas.

[5] Literally, 'certified' or 'sovereign' gold. Figuratively, this means that it is good quality.

Extracto 16

Cliente   ¡Hola! ¿Me puedes enseñar aquel jarrón?

Vendedor   ¿Cuál? ¿Éste?

Cliente   Sí, el azul.

Vendedor   El azul... ¡Mira! ¿Te gusta ése?

Cliente   A lo mejor es un poco grande. ¿Tienes uno un poco más pequeño?

Vendedor   Mira, tengo éste que es un poquito más pequeño. Mira a ver si te gusta éste.

Cliente   Éste sí, me gusta más.

Vendedor   ¿Te gusta más que el otro? Es algo más económico que el otro.

Cliente   ¿Sale más barato?

Vendedor   Sale más barato, sí.

Cliente   ¡Ah, pues, me parece bien!

Vendedor   Luego tienes también ésos de ahí... también azul.

Cliente   ¡Ah, ése también me gusta! Y aparte de jarrón, ¿tienes platos, fruteros?

Vendedor   Fruteros tienes ésos de ahí que tienes en el suelo...

Cliente   Son de cerámica, ¿no?

Vendedor   Sí, todos son de cerámica.

Cliente   ¿Son de algún tipo de cerámica? ¿De Talavera o de Puente de Arzobispo?

Vendedor   Es cerámica de Córdoba.

Cliente   De Córdoba. ¿Qué precio tiene por ejemplo éste?

Vendedor   Ésos a quinientas. Este otro a setecientas.

Cliente   ¿Y el jarrón que hemos visto antes?

Vendedor   Ése valía mil pesetas.

Cliente   ¿Y aquél otro?

Vendedor   Dos mil quinientas. Tienes varios donde elegir.

Cliente   No sé.

Vendedor   Luego tienes esos juegos también de ahí, para consomé, que también son nuevos.

Cliente   ¡Ah, éstos me van a venir bien en la cocina porque además los estaba buscando! ¿Me puedes poner este juego? ¿Por cuánto me sale?

Vendedor   Ése de ahí te saldría sobre las dos mil pesetas.

Cliente   ¿Hay alguno un poco más barato?

Vendedor   Más barato, de ésos, no.

Cliente   Dos mil pesetas...

Vendedor   Dos mil pesetas, pero ¡vamos! podrías elegir el que quisieras.

Cliente   ¿Y no me puedes hacer un poco de descuento?

Vendedor   Descuento en éstas ya va todo hecho.

Cliente   Si me llevo más de uno, ¿me lo rebajas? Es que me puedo llevar uno para mí y otro para regalar. ¿Cuánto me saldrían, si me llevo dos?

Vendedor   Te saldría cada uno, pues, sobre las mil ochocientas... valen a dos mil pesetas... mil ochocientas.

Cliente   ¡Vale! Pues entonces me vas a poner dos. Me los preparas: uno mejor envuelto para regalo, el otro ya me da más lo mismo. Y luego los jarrones, me había dicho, perdona, los precios, ¿éste de aquí?

Vendedor   Ése, mil quinientas.

Cliente   ¿Y el otro más grande?

Vendedor   El grande... ése... es que va el juego completo.

Cliente   ¡Ah, claro, es que lleva el plato también!

Vendedor   Sí, el plato y la jarrita.

Cliente   Bueno, pues entonces me voy a llevar aquellos dos juegos de allí y el jarrón de mil pesetas. Yo creo que me viene bien.

Vendedor   Hay que tener cuidado en dos cosas: lo primero es en el precio. Si el precio está bien y si el producto tiene calidad, porque en el mercadillo hay muchas veces que venden cosas que no son de primera mano. A lo mejor son de segunda mano o tienen algún defecto. Entonces eso es con lo que hay que tener más cuidado.

Extracto 17

Tengo ojos y nariz, boca, orejas,
pelo, cara, brazos, piernas,
manos, también pies y dedos.
Todo mi cuerpo se encuentra
muy bien,
todo mi cuerpo se encuentra muy
bien.

Dalia   ¿Y tú qué tienes en el cuerpo?

Niña   Cabeza, cara...

Dalia   ¿Qué es lo que tienes?

Niña   Debajo de la tripa está la cintura... y la cadera abajo.

Niño   La cintura es donde nos ponemos el cinto.

Niña   El estómago está arriba y la tripa abajo.

Dalia   ¿Y en la mitad?

Niño   El ombligo.

Niña   Y también tenemos las extremidades que son los brazos y las piernas.

Dalia   ¿Y cuántos tenemos?

Niña   Cuatro: dos arriba y dos abajo.

Niña   Las articulaciones del brazo son: el hombro, el codo, la muñeca y los nudillos de los dedos.

Dalia   ¿Cuántos dedos tienes tú?

Niño   Cinco en cada mano.

Dalia   ¿Y en los pies?

Niño   También: cinco en cada pie.

Dalia   ¿Y se llaman 'dedos' también?

Niño   Sí. Unos son de la mano y otros de los pies.

Dalia ¿Y los dedos tienen nombres también, los de la mano?

Niño Sí.

Dalia ¿Cómo se llaman los dedos de la mano?

Niña El pequeñito, meñique. El segundo, anular. El más grande, corazón. El cuarto, índice. Y el gordo, pulgar.

Dalia ¿Qué tienes en la cara?

Niña Pues nariz, orejas, boca y ojos.

Dalia ¿Y tú qué tienes?

Niña Pestañas...

Niño Cejas...

Dalia ¿Y... ?

Niña Dientes.

Dalia ¿Y todo eso está en dónde?

Niño En la cabeza.

Extracto 18

Niño ¡Y los sentidos!

Dalia ¿Cuántos tenemos?

Niña Nosotros tenemos cinco sentidos en el cuerpo: oído, vista, tacto, olfato y gusto.

Niño ¿Para qué sirven?

Niños El tacto para tocar, la vista para ver, el oído para oír, el gusto para... saborear y el olfato para oler.

Dalia ¿Qué nos falta? ¡Oye! No hemos hablado de atrás, de la parte de atrás del cuerpo!

Niño ¡Yo! La parte de atrás es la espalda, la columna vertebral...

Dalia ¡Oye! ¿Y esto qué es?

Niño El culo.

Niños ¡No, el trasero, el trasero!

Niña ¡El trasero! El ano.

Niño ¿El celebro?[6]

Niño ¡El celebro está en la cabeza, gordo!

Niño ¡Ya lo sé!

Tengo una cabeza para poder pensar,
nariz y una boca para saborear,
con oído y ojos el mundo disfrutar,
con piernas, pies y manos danzo sin parar.
yo canto, yo amo, sin miedo avanzaré,
y con todo mi cuerpo siempre bailaré.

Éste es el final de la Cara B.

That's the end of Side 2.

[6] The child mispronounces this word. It should be *cerebro*.

3 Cinta de actividades

This is the Activities Cassette for the preparatory pack *A bordo*. Side 1.

Ésta es la Cinta de actividades para el curso preparatorio *A bordo*. Cara A.

Unidad I

Coincidencias y citas

Extracto I: primera parte

Listen to the Spanish alphabet[1]:

Escuche:

– A, be, ce, de, e, efe, ge, hache, i, jota, ka, ele, elle, eme, ene, eñe, o, pe, cu, erre, ese, te, u, uve, uve doble, equis, i griega, zeta.

Now, listen to each letter and repeat. Listen and repeat:

Escuche y repita:

– A, be, ce, de, e, efe, ge, hache, i, jota, ka, ele, elle, eme, ene, eñe, o, pe, cu, erre, ese, te, u, uve, uve doble, equis, i griega, zeta.

Extracto I: segunda parte

Listen to the following Spanish names and spell them. Listen and spell the names:

Escuche y deletree los nombres. Un ejemplo:

– Garrido
– Ge, a, erre, erre, i, de, o

[1] In order to help pronunciation, we have largely used the older Spanish alphabet in which 'ch' (che), 'll' (elle), 'ñ' (eñe) were regarded as separate letters as well as sounds, and 'rr' (erre) was distinct from 'r' (ere). You may come across a more recent 26-letter version.

Your turn:

– Ortega
– Villarino
– Echevarría
– Vaquero
– Casals
– Jiménez

Extracto 2: primera parte

Listen to the following dialogue, where a Spanish person phones an English student who wants to do a language exchange.

Listen:

Escuche:

– ¿Dígame?
– ¿Podría hablar con Craig Irving?
– Soy yo.
– Hola, soy un estudiante de inglés y he visto su nombre en el tablón de anuncios de la Escuela
    Oficial de Idiomas.
– Ah sí, quiero practicar mi español, ¿es usted español?
– Sí, claro, para esto le llamaba, para hacer un intercambio de inglés y español.

Extracto 2: segunda parte

Practise with the same dialogue by playing the part of the English person in the gapped recording. Listen to the Spanish person: speak after the cue.

Listen and speak:

Escuche y hable:

– (Answer the phone.)
– ¿Dígame?
– ¿Podría hablar con Craig Irving?

24

– (Say you are speaking.)
– Soy yo.
– Hola, soy un estudiante de inglés y he visto su nombre en el tablón de anuncios de la Escuela Oficial de Idiomas.
– (Say you want to practise your Spanish...)
– Quiero practicar mi español.
– (... and ask if he is Spanish.)
– ¿Es usted español?
– Sí, claro, para esto le llamaba, para hacer un intercambio de inglés y español.

Extracto 2: tercera parte

Listen to the continuation of the dialogue:

Escuche:

– Muy bien, podríamos quedar y hablamos.
– ¡Buena idea!
– Y usted, ¿cómo se llama?
– Me llamo Juanjo Montalbán.
– ¿Cómo dice? ¿Puede repetirlo por favor?
– Juanjo (jota, u, a, ene, jota, o, Juanjo); Montalbán (eme, o, ene, te, a, ele, be, a, ene).
– ¿Y dónde vive usted?
– Vivo en Virgen del Lluch, número treinta y siete.
– Perdón, no le oigo bien. ¿Dónde?
– En Virgen del Lluch, número treinta y siete.
– ¿Cómo se escribe la calle?
– Uve, i, erre, ge, e, ene, Virgen del Lluch, elle, u, ce, hache.
– Gracias, ¿y dónde quedamos?
– ¿Por qué no quedamos en la parada de metro de Lavapiés mañana a las once de la mañana?
– ¿Cómo se escribe?
– Ele, a, uve, a, pe, i, e, ese, Lavapiés.
– Vale, a las once.
– Hasta mañana entonces.
– Hasta luego.

Extracto 2: cuarta parte

Continue the dialogue by playing the part of the English person in the gapped recording. Listen to the Spanish caller and speak after the cue. Listen and speak:

Escuche y hable:

– Sí, claro, para esto le llamaba, para hacer un intercambio de inglés y español.
– (Suggest meeting and talking.)
– Muy bien, podríamos quedar y hablamos.
– ¡Buena idea!
– (Ask his name.)
– Y usted, ¿cómo se llama?
– Me llamo Juanjo Montalbán.
– (Ask him to repeat it.)
– ¿Cómo dice? ¿Puede repetirlo por favor?
– Juanjo (jota, u, a, ene, jota, o, Juanjo); Montalbán (eme, o, ene, te, a, ele, be, a, ene).
– (Ask him where he lives.)
– ¿Y dónde vive usted?
– Vivo en Virgen del Lluch, número treinta y siete.
– (Say you didn't hear well. Ask him 'where' again.)
– Perdón, no le oigo bien. ¿Dónde?
– En Virgen del Lluch, número treinta y siete.
– (Ask how you write it.)
– ¿Cómo se escribe la calle?
– Uve, i, erre, ge, e, ene, Virgen del Lluch, elle, u, ce, hache.
– (Ask him where to meet.)
– Gracias, ¿y dónde quedamos?
– ¿Por qué no quedamos en la parada de metro de Lavapiés, mañana a las once de la mañana?
– (Confirm the time.)
– Vale, a las once.
– Hasta mañana entonces.
– (Say that you will see him later.)
– Hasta luego.

Extracto 3

Ask the operator the number for the following services, using the expression you have learned. Listen to the cue and ask the question:

Escuche y pregunte. Escuche el ejemplo:

- (El hospital.)
- ¿Me podría decir el número del hospital?
- Tome nota. El número solicitado es el 423 23 25.

Now you try:

- (La Escuela Oficial de Idiomas.)
- ¿Me podría decir el número de la Escuela Oficial de Idiomas?
- Tome nota. El número solicitado es el 225 73 46.
- (El aeropuerto.)
- ¿Me podría decir el número del aeropuerto?
- Tome nota. El número solicitado es el 242 98 68.
- (Transportes de la Comunidad de Madrid.)
- ¿Me podría decir el número de Transportes de la Comunidad de Madrid?
- Tome nota. El número solicitado es el 456 78 90.

Extracto 4

You are going to hear some questions about personal information. Notice that the *usted* form is used. Reply in your own words:

Escuche y responda:

- ¿Cómo se llama?
- ¿De dónde es?
- ¿Qué idiomas habla?
- Y su familia, ¿de dónde es?
- ¿En qué trabaja usted?

Extracto 5: primera parte

Listen to the following children's rhyme and pay attention to how the vowel sounds are pronounced.

Escuche y fíjese en cómo se pronuncian las vocales.

A la lata, al latero

A la lata, al latero
A la chica del chocolatero.
A la a, a la a,
Mariquita no sabe planchar.
A la e, a la e,
Mariquita no sabe barrer.
A la i, a la i,
Mariquita no sabe escribir.
A la o, a la o,
Mariquita no sabe el reloj.
A la u, a la u,
¡Mariquita eres tú!

Extracto 5: segunda parte

Listen to the rhyme again and repeat:

Escuche y repita:

A la lata, al latero

A la lata, al latero

(A la lata, al latero)

A la chica del chocolatero.

(A la chica del chocolatero.)

A la a, a la a,

(A la a, a la a,)

Mariquita no sabe planchar.

(Mariquita no sabe planchar.)

A la e, a la e,

(A la e, a la e,)

Mariquita no sabe barrer.

(Mariquita no sabe barrer.)

A la i, a la i,

(A la i, a la i,)

Mariquita no sabe escribir.

(Mariquita no sabe escribir.)

A la o, a la o,

(A la o, a la o,)

Mariquita no sabe el reloj.

(Mariquita no sabe el reloj.)

A la u, a la u,

(A la u, a la u,)

¡Mariquita eres tú!

(¡Mariquita eres tú!)

Unidad 2

Buenas noticias

Extracto 6: primera parte

Listen to how the following words are pronounced. In some of them the letter 'c' sounds like /θ/, in others, like /k/.

Escuche cómo se pronuncian las siguientes palabras:

- vecina
- campo
- caza
- Colombia
- cinco
- palacio
- conozco
- cien
- casa

Extracto 6: segunda parte

Listen to how the sound /θ/ does not exist in non-Castilian Spanish and how, instead, the sound /s/ is used.

Escuche y fíjese en cómo se pronuncian las siguientes palabras en las dos variantes:

- vecina
- vecina
- caza
- caza
- cinco

- cinco
- palacio
- palacio
- conozco
- conozco
- cien
- cien

Extracto 6: tercera parte

Now listen to a few words with the letter 'che' and repeat them:

Escuche y repita:

- chocolate
- (chocolate)
- cuchara
- (cuchara)
- cucaracha
- (cucaracha)
- chorizo
- (chorizo)
- mechero
- (mechero)
- chufa
- (chufa)

Extracto 7: primera parte

Listen to Teresa answering the phone:

Escuche a Teresa contestando el teléfono:

Teresa   ¿Dígame?

Carlos   ¡Hola! ¿Eres tú, Teresa?

Teresa   ¿Diga?

Pedro   Hola, soy Pedro. ¿Puedo hablar con Maribel?

Teresa   ¿Sí?

María   Hola, soy María. ¿Me pones con Juan?

Teresa   Escuela Oficial de Idiomas, ¿dígame?

El inglés   Buenos días. ¿Habla inglés?

Extracto 7: segunda parte

Now it's your turn to talk on the phone. Respond according to the English cues:

Escuche y responda:

- ¿Dígame?
- (Say hello.)
- ¡Hola!
- ¿Diga?
- (Say hello, and say 'it's me'.)
- ¡Hola! Soy yo.
- ¿Sí?
- (Say hello, say that it's you, and ask if Maribel is there.)
- ¡Hola! Soy yo. ¿Está Maribel?

Extracto 8: primera parte

Listen to the following dialogue between a Colombian and a Spaniard:

Escuche el siguiente diálogo:

- España tiene unas ciudades lindísimas.
- Sí, desde luego. ¿Conoces Madrid?
- Sí, sí, llevo aquí dos años y es una ciudad maravillosa: tiene unos museos preciosos, como el Museo del Prado.
- ¿Conoces a Goya?
- Sí, claro, las obras de Goya son muy famosas.
- ¿Y has visto la pintura, *La maja desnuda*?
- No, pero quiero verla.
- ¿Conoces a alguien en Madrid?
- Sí, sí, eh... conozco a una muchacha que se llama... María José.
- ¿Y visitas mucho a tus familiares desde que estás aquí?
- No mucho, una vez al año.

Listen again, but this time, you ask the questions:

- España tiene unas ciudades lindísimas.
- (Ask if she knows Madrid.)
- ¿Conoces Madrid?
- Sí, sí, llevo aquí dos años y es una ciudad maravillosa: tiene unos museos preciosos, como el Museo del Prado.
- (Ask if she knows Goya.)
- ¿Conoces a Goya?
- Sí claro, las obras de Goya son muy famosas.
- (Ask if she has seen the *Maja desnuda*.)
- ¿Y has visto *La maja desnuda*?
- No, pero quiero verla.
- (Ask if she knows anybody in Madrid.)
- ¿Conoces a alguien en Madrid?
- Sí, sí, eh... conozco a una muchacha que se llama... María José.

Unidad 3

Saludos, felicitaciones y despedidas

Extracto 9: primera parte

Listen to these invitations and respond according to the cue:

Escuche las preguntas y responda:

- ¿Por qué no vamos al Café Gijón?
- (Say you are sorry and that you don't fancy it.)
- Lo siento, no me apetece.
- ¿Te apetece ir a Casa Alberto?
- (Say, yes, of course, since the price seems reasonable.)
- Sí, claro, parece que está muy bien de precio.
- ¿Te apetece un restaurante argentino?
- (Say no, that you would like something typical from Madrid.)
- No, me gustaría algo típico madrileño.
- ¿Quieres ir al restaurante Posada de la Villa?
- (Say, perhaps, but you're worried that it's a bit expensive.)

– Quizás, pero, ¿no es un poco caro?

– ¿Te gustaría ir a la Bola Taverna?

– (Say, why not? You would love to try the *cocido madrileño*!)

– ¡Cómo no! ¡Me encantaría probar el cocido madrileño!

– ¿Te apetecería ir a *Los Cigarrales*?

– (Say, wonderful and ask whether it has a car park.)

– ¡Estupendo! ¿Tiene aparcamiento?

Extracto 10

Listen to the sounds and answer this question: what's the weather like?

Escuche los sonidos y responda a esta pregunta: ¿qué tiempo hace?

– ¿Qué tiempo hace?

– Hace buen tiempo/hace sol.

– ¿Qué tiempo hace?

– Está lloviendo.

– ¿Qué tiempo hace?

– Hace viento/hace frío.

– ¿Qué tiempo hace?

– Hace calor.

Extracto 11: primera parte

Two people meet at a party. Listen to their conversation:

Escuche la siguiente conversación:

– ¡Ah! ¿Qué tal?

– Muy bien.

– ¿Cómo estás?

– Muy bien. Pasa, pasa.

– Oye, gracias por tu invitación, ¡eh!

– De nada.

– ¡Qué guapo estás!

– Tú también vas muy elegante. ¿Quieres unos tacos de queso?

– Sí, gracias, mmm... ¡Qué ricos!

– Oye, ¿por qué no ponemos algo de música para bailar?

– ¡Qué buena idea!

– ¿Quieres bailar?

– Lo siento, ahora no, quizá más tarde.

– ¡Ay, qué daño! Que me has pisado.

– Perdona.

– ¿Quieres otra copa?

– No gracias, que tengo que conducir.

– Ah, toma para tu cumpleaños. ¡Felicidades!

– ¡Qué detalle!

– Pero... ¿cómo sabías que tenía tantos años?

– ¡Feliz cumpleaños! ¿Bailamos?

Extracto 11: segunda parte

Now it's your turn. Listen to the cue and react accordingly:

Escuche y reaccione:

– Gracias por tu invitación.

– (Say you are welcome.)

– De nada.

– ¡Qué guapo estás!

– (Return the compliment.)

– Tú también vas muy elegante.

– ¿Quieres unos tacos de queso?

– (Accept and say how tasty they are.)

– Sí, gracias, mm... ¡Qué ricos!

– ¿Por qué no ponemos algo de música para bailar?

– (Say it's a good idea.)

– ¡Qué buena idea!

– ¿Quieres bailar?

– (Refuse. Say not now, maybe later.)

– Lo siento, ahora no, quizá más tarde.

– ¡Ay! Me has pisado. ¡Qué daño!

– (Apologize.)
– Perdona.
– ¿Quieres otra copa?
– (Refuse, say you have to drive.)
– No gracias, tengo que conducir.
– Toma, para tu cumpleaños. ¡Felicidades!
– (Say, how thoughtful of you.)
– ¡Qué detalle!
– Pero... ¿cómo sabías que tenía tantos años?
– (Wish him 'Happy birthday'.)
– ¡Feliz cumpleaños!

End of Side 1.

Éste es el final de la Cara A.

This is Side 2 of the Activities Cassette for the preparatory pack, *A bordo*.

Ésta es la Cinta de actividades para el curso preparatorio, *A bordo*. Cara B.

Unidad 4

Puente aéreo

Extracto 12: primera parte

Listen to Carmen and Mercedes planning their holiday to Mexico:

Escuche el diálogo entre Carmen y Mercedes:

Mercedes Bueno, por fin vamos a México, ¿no?

Carmen Sí, y es la primera vez que voy a viajar en avión.

Mercedes Pues vas a ver cómo te va a gustar.

Carmen ¿Y cuánto va a costar?

Mercedes No es muy caro.

Carmen ¿Qué día vamos a salir?

Mercedes El veintidós de febrero a las siete de la tarde.

Carmen ¿Y a qué hora vamos a llegar?

Mercedes A eso de las... mmm... tres de la mañana, hora de aquí.

Carmen ¡Buf! Va a ser un vuelo muy largo.

Extracto 12: segunda parte

Now play the role of Carmen. Listen to what Mercedes says, and then complete Carmen's sentence. Remember to use the phrase '*voy a* + the infinitive'. Listen to the example first.

Escuche y complete la frase. Primero escuche el ejemplo:

Mercedes Bueno, por fin vamos a México, ¿no?

(viajar en avión)

Usted Sí, y es la primera vez que voy a viajar en avión.

Now you try.

Mercedes Bueno, por fin vamos a México, ¿no?

(viajar en avión)

Usted Sí, y es la primera vez que voy a viajar en avión.

Mercedes Pues vas a ver cómo te va a gustar.

(costar)

Usted ¿Y cuánto va a costar?

Mercedes No es muy caro.

(salir)

Usted ¿Qué día vamos a salir?

Mercedes El veintidós de febrero a las siete de la tarde.

(llegar)

Usted ¿Y a qué hora vamos a llegar?

Mercedes A eso de las... mmm... tres de la mañana, hora de aquí.

(ser)

Usted ¡Buf! Va a ser un vuelo muy largo.

Extracto 13

Now you are in Mexico. You want to buy a plane ticket to Acapulco. Answer the following questions:

Escuche y responda:

– ¿Qué desea?

– ¿De ida sólo, o de ida y vuelta?

– ¿Paga en efectivo o con tarjeta?

– ¿Me deja ver su pasaporte, por favor?

– ¿Cuántas maletas lleva?

– ¿Ha hecho la maleta usted mismo?

– ¿Y no la ha dejado desatendida en ningún momento?

– ¿Lleva algún aparato eléctrico?

– ¿Desea un asiento de fumador o no fumador?

– ¿Quiere ventanilla o pasillo?

– Aquí tiene su billete y tarjeta de embarque. Su vuelo embarca por la puerta 23 en una hora. Gracias.

Extracto 14: pronunciación y ortografía: la 'g' y la 'j'

Listen and repeat the words:

Escuche y repita las palabras:

– coger

– viajar

– pasaje

– ojo

– caja

– genio

– jarabe

– geranio

– julio

– girar

– ginebra

– mojado

– reloj

– régimen

– pelirrojo

Unidad 5

La casa de los espíritus

Extracto 15

Listen to an extract from a poem by Antonio Machado. Pay attention to the way the words run together.

Escuche y fíjese en la pronunciación:

> **La casa**
> **de Antonio Machado**
>
> La casa de Alvargonzález
> era una casona vieja,
> con cuatro estrechas ventanas,
> separada de la aldea
> cien pasos y entre dos olmos
> que, gigantes centinelas,
> sombra le dan en verano,
> y en el otoño hojas secas.
>
> Es casa de labradores,
> gente aunque rica plebeya,
> donde el hogar humeante
> con sus escaños de piedra
> se ve sin entrar, si tiene
> abierta al campo la puerta.
>
> En una estancia que tiene
> luz al huerto, hay una mesa
> con gruesa tabla de roble,
> dos sillones de vaqueta.
>
> Y era allí donde los padres
> veían en primavera
> el huerto en flor, y en el cielo
> de mayo, azul, la cigüeña...

Extracto 16: primera parte

Teresa's daughter, Carmen, is helping Teresa to tidy the kitchen. Listen to the conversation and notice how Teresa asks Carmen to do things:

Escuche el diálogo y fíjese:

Teresa Carmen, por favor, abre la ventana para ventilar la cocina. ¡Y cierra la puerta, que pasa mucha corriente!

Carmen   ¿Dónde quieres que ponga los vasos que están junto a la ventana?

Teresa   Ponlos sobre el frigorífico, pero antes sécalos.

Carmen   ¡Ay! Lo siento.

Teresa   Déjalo, ya lo recojo yo. Bueno, lleva las sillas al salón. Carmen, abre la puerta, debe de ser Omar. ¡Ten cuidado ..., no rompas el jarrón!

Carmen   ¡Ay! ¡Lo siento mucho!

Extracto 16: segunda parte

Now you tell Carmen what to do:

Ahora diga a Carmen lo que tiene que hacer:

(Ask Carmen to open the window.)

Usted   Carmen, por favor, abre la ventana.

(Ask her to close the door.)

Usted   ¡Y cierra la puerta!

Carmen   ¿Dónde quieres que ponga los vasos que están junto a la ventana?

(Ask her to put them on the fridge.)

Usted   Ponlos sobre el frigorífico.

Carmen   ¡Ay! Lo siento.

(Tell her to leave it and say you'll sweep it up yourself.)

Teresa   Déjalo, ya lo recojo yo.

(Tell her to take the chairs to the living room.)

Usted   Bueno, lleva las sillas al salón.

(Tell her to open the door, it must be Omar.)

Usted   Carmen, abre la puerta, debe de ser Omar.

(Tell her to be careful.)

Usted   ¡Ten cuidado... !

Carmen   ¡Ay! ¡Lo siento mucho!

Unidad 6

Al pan, pan, y al vino, vino

Extracto 17: primera parte

Listen to Teresa's routine:

Escuche la rutina de Teresa:

– Me levanto temprano, me tomo un café y leo el periódico.
– A las nueve de la mañana voy a trabajar, voy en coche.
– Doy clases toda la mañana hasta las dos y media.
– Luego como, y por la tarde corrijo los deberes de los estudiantes y voy de compras.
– Después, escucho un poco de música clásica.
– Me acuesto a las once.

Extracto 17: segunda parte

Now listen again to Teresa and change the sentences to the third person singular:

Ahora escuche otra vez a Teresa y transforme las siguientes frases a la tercera persona del singular. Por ejemplo:

– Me levanto temprano.
– Se levanta temprano.

Teresa   Me levanto temprano.

Usted   Se levanta temprano.

Teresa   Me tomo un café.

Usted   Se toma un café.

Teresa   Leo el periódico.

Usted   Lee el periódico.

Teresa   Salgo de casa a las nueve de la mañana.

Usted   Sale de casa a las nueve de la mañana.

Teresa   Voy a trabajar en coche.

Usted   Va a trabajar en coche.

Teresa Doy clases toda la mañana hasta las dos y media.

Usted Da clases toda la mañana hasta las dos y media.

Teresa Como y corrijo los deberes de los estudiantes.

Usted Come y corrige los deberes de los estudiantes.

Teresa Escucho un poco de música clásica.

Usted Escucha un poco de música clásica.

Teresa Me acuesto a las once.

Usted Se acuesta a las once.

Extracto 18: primera parte

Now listen to a friend of Omar's telling us about Omar's routine:

Ahora escuche la rutina de Omar:

– Se levanta a las ocho de la mañana y desayuna algo a eso de las nueve en el bar.
– Coge el autobús para ir al trabajo a las nueve y media.
– Come a las tres de la tarde y después empieza el turno de tarde.
– Sale del trabajo a las seis y media y hace las compras.
– Por la noche ve la televisión y se acuesta a eso de las diez y media.

Extracto 18: segunda parte

Listen to these sentences in English and translate them into Spanish:

Escuche las frases en inglés y tradúzcalas al español:

– He gets up at eight o'clock in the morning.
– Se levanta a las ocho de la mañana.
– He has breakfast around nine.
– Desayuna a eso de las nueve.
– He catches the bus to go to work at nine-thirty.
– Coge el autobús para ir al trabajo a las nueve y media.
– He eats at three in the afternoon,
– Come a las tres de la tarde,
– ... and then he starts the afternoon shift.
– ... y después empieza el turno de tarde.
– He leaves work at half past six and does the shopping.
– Sale del trabajo a las seis y media y hace las compras.
– At night he watches TV and goes to bed at ten thirty.
– Por la noche ve la televisión y se acuesta a eso de las diez y media.

Extracto 19

Now answer some questions about your routine:

Ahora responda a las siguientes preguntas sobre su rutina:

– ¿A qué hora se levanta?
– ¿A qué hora desayuna?
– ¿A qué hora sale de casa?
– ¿A qué hora empieza a trabajar?
– ¿A qué hora termina?
– ¿Qué hace por la noche?
– ¿A qué hora se acuesta?

Extracto 20

Listen to the following tongue-twister. Can you repeat it?

Escuche el siguiente trabalenguas. ¿Puede repetirlo?

– El perro de San Roque no tiene rabo, porque Ramón Ramírez se lo ha cortado.

Now let's repeat it bit by bit.

– El perro de San Roque
– no tiene rabo
– porque Ramón Ramírez
– se lo ha cortado.

Repeat the first half:

– El perro de San Roque no tiene rabo

And now the second half:

– porque Ramón Ramírez se lo ha cortado.

Here is the whole sentence:

– El perro de San Roque no tiene rabo, porque Ramón Ramírez se lo ha cortado.

Unidad 7

El mercadillo

Extracto 21: primera parte

Listen to the following dialogues between a shop assistant and a customer:

Escuche los siguientes diálogos entre un vendedor y un cliente:

Vendedor   Buenos días, ¿qué desea?

Cliente   ¿Tiene una camisa azul?

Vendedor   Sí, ¿la quiere de manga corta o de manga larga?

Cliente   De manga corta.

Vendedor   Buenos días, ¿qué desea?

Cliente   ¿Tienen faldas?

Vendedor   Sí, ¿las quiere cortas o largas?

Cliente   Largas, por favor.

Vendedor   Buenos días, ¿qué desea?

Cliente   ¿Tienen pantalones?

Vendedor   Sí, ¿los quiere estrechos o anchos?

Cliente   Estrechos.

Vendedor   Buenos días, ¿qué desea?

Cliente   Quiero un jersey de lana.

Vendedor   Sí, ¿lo quiere con cuello alto o de pico?

Cliente   Cuello alto.

Extracto 21: segunda parte

Now it's your turn to buy some clothes. Substitute the following items of clothing with the appropriate pronouns.

Escuche y sustituya. Primero, escuche el ejemplo:

– ¿Tienen camisas de manga corta?
– ¿Las tienen de manga corta?
– ¿Tiene esta falda en rojo?
– ¿La tiene en rojo?
– ¿Tiene estos pantalones en azul?
– ¿Los tiene en azul?
– ¿Tiene estos zapatos en el número treinta y seis?
– ¿Los tiene en el número treinta y seis?
– ¿Tiene esta falda en talla grande?
– ¿La tiene en talla grande?
– ¿Tiene un sombrero más pequeño?
– ¿Lo tiene más pequeño?
– ¿Tienen estas camisetas en rojo?
– ¿Las tienen en rojo?

Extracto 22

Now we'll practise pronunciation of the sound 'b'. Listen to these words and repeat:

Escuche y repita:

– boda
– boda
– hablar
– hablar
– probar
– probar
– poblar

- poblar
- voy
- voy
- cambiarse
- cambiarse
- verdad
- verdad
- también
- también
- vale
- vale
- vestido
- vestido

Extracto 23: primera parte

Listen to the following messages left on Teresa's answering machine:

Escuche los siguientes mensajes en el contestador automático de Teresa:

Mensaje 1

Buenos días. Le llamo en nombre de Mundilibro. Mi nombre es Jorge Julián. Quisiera concertar una visita a domicilio para presentarle la nueva Enciclopedia Natural en cincuenta volúmenes y que está en oferta. Mi número de teléfono es el 355 47 70. Llámeme si está interesado. Gracias.

Mensaje 2

Buenas tardes. Le llamo de Pronovias para saber a qué hora le podemos traer su vestido. Volveremos a llamar. Gracias.

Mensaje 3

Hola, éste es un mensaje para Carmen. Carmen, que voy a ir al Rastro mañana porque quiero comprar una chaqueta de cuero. ¿Quieres venir? Llamo más tarde. ¡Ala! Hasta luego.

Extracto 23: segunda parte

Now leave your message. Say who you are, that you will phone later and say goodbye. Speak after the tone:

Ahora grabe su mensaje en el contestador de Teresa. Hable después de la señal:

Mensaje

Hola. Soy Teresa. Si quiere dejar un mensaje para mí o para Carmen, hable después de la señal.

Unidad 8

¡Que te mejores!

Extracto 24: primera parte

Listen to the following people talking about their health problems:

Escuche a las personas a continuación hablando de sus problemas de salud:

- ¿Qué te pasa?
- Me duele la garganta.
- ¿Estás bien?
- Estoy resfriada.
- ¿Qué te has hecho?
- Me duele el dedo.
- ¿Podéis bajar el volumen? Tengo dolor de cabeza.
- Tienes mala cara. ¿Te pasa algo?
- Tengo dolor de estómago.

Extracto 24: segunda parte

Speak after the prompt:

Hable después del estímulo:

- ¿Qué te pasa?
- Me duele la garganta.
- ¿Estás bien?
- Estoy resfriada.
- ¿Qué te has hecho?
- Me duele el dedo.

– ¿Podéis bajar el volumen? Tengo dolor de cabeza.

– Tienes mala cara. ¿Te pasa algo?

– Tengo dolor de estómago.

Extracto 25: primera parte

Listen to the following people talking about their ailments and give them advice:

Escuche a las siguientes personas hablando de sus dolencias y aconséjeles. Por ejemplo:

– Me duele la garganta.

 (tomar/jarabe)

– Toma un poco de jarabe.

Your turn:

– Estoy resfriada.

 (tomar/vitamina C)

– Toma más vitamina C.

– ¡Ay! mi pierna. Me duele mucho la pierna.

 (deber/ir hospital)

– Debes ir al hospital.

– ¡Ay! Me duele el dedo.

 (tomar/aspirina)

– Toma una aspirina.

– ¿Podéis bajar el volumen? Tengo dolor de cabeza.

 (tener/descansar)

– Tienes que descansar.

– Tienes mala cara. ¿Te pasa algo?

– Tengo dolor de estómago.

 (tomar/taza manzanilla)

– Toma una taza de manzanilla.

Extracto 26: primera parte

Listen to these sentences. As you listen, decide which are instructions, which advice, and which are orders.

Escuche las siguientes frases. Algunas son instrucciones, algunas consejos y otras órdenes.

– Debes ir al hospital.

– advice

– ¡Acuéstate ahora mismo!

– order

– Antes de tomar el jarabe, agita bien el frasco.

– instruction

– ¡No tomes más jarabe!

– order

– Toma estas pastillas. Son muy buenas para el dolor de cabeza.

– advice

– ¡Llama a una ambulancia!

– order

– Échate un poco de pomada en la quemadura.

– advice

– Haz movimientos circulares con el cuello cada noche.

– instruction

Extracto 27: una rima

Listen to the following children's rhyme and see if you can copy the rhythm:

Escuche la siguiente rima:

> Pito, pito, colorito,
> ¿Dónde vas tú tan bonito?
> A la cera verdadera,
> pin, pon, fuera.

Listen and repeat:

Escuche y repita:

> Pito, pito, colorito
>
> ¿Dónde vas tú tan bonito?
>
> A la cera verdadera
>
> pin, pon, fuera.

That's the end of this cassette.

Final de la cinta.

Acknowledgements

Grateful acknowledgement is made to the following sources for permission to reproduce material in this book:

Page 26: 'A la lata, al latero', *365 Canciones infantiles*, Copyright © 1991 Grafalco, S.A.; *Page 31:* Machado, A., 1978, 'La casa' from 'La tierra de Alvargonzález', *Poesías completas*, Espasa-Calpe S.A.